現場の感じをつかむ

杉原祐之句集『十一月の橋』――岸本尚毅

杉原さんは現場でしっかりものを見て、写実的な句を詠む作者である。実生活においては、多忙なビジネスマンであり、妻子によく気を遣う良き家庭人たらんとしている人である。そんな壮年の人がこれほど読み応えのある句集を出されたことを喜ぶ。

パッと見に面白い句をいくつも拾うことができる。たとえば、

飛魚干すペットボトルを鳥除けに
岸釣の人にも握手町議選
ミニバンを下りてなまはげ襲ひ来る
駐屯地貫く川に鮭遡る
武者返しまで達したるなめくぢら

これらの句の面白さは一義的には事柄の面白さではある。しかし、事柄の面白さを殊更に強調することなく、無駄のない表現で句に仕立てている点は、作者の手腕によるところである。

無人機を飛ばし黒穂を見つけたる
プログラムされたるやうに滴れる
餅花や監視カメラの上に垂れ

これらは電機メーカーのビジネスマンらしい着眼。語彙の新奇さに目を惹かれるが、俳句としての描写が的確である点を見逃してはならない。

家族や家庭を詠んだ句には、情のある佳品があった。たとえば、

兄弟の見舞に揃ふ夜寒かな

肺癌の父の大きなマスクかな

クレヨンを買うて帰らう花菖蒲

畳むべき洗濯物や雛の間に

卒園の近くて帽子小さくて

三人の子を遊ばせて金鳳花

母の日の父のパスタの大雑把

「兄弟の見舞に揃ふ」は簡潔な表現である。「肺癌の父の大きなマスク」は悲しい素材ではあるが、「マスク」に一抹のユーモアがある。「畳むべき洗濯物や雛の間に」は家庭生活のひとこま。共感する読者も多いと思う。「父のパスタ」は作者自身が「父」としてパスタをこしらえたのであろう。「大雑把」は一見、投げやりな表現である。しかし、ふだん料理をしないお父さんの手料理の具材の切り方の荒っぽさや味つけのいい加減さが伺われる。この句にかぎらず、杉原さんの句の書き方は、失礼な言い方を

すれば、素っ気ない、身も蓋もない、という印象を受けることもある。それは最小限の言葉、もっとも端的な表現を志向し、選択しているからである。決して雑なのではない。俳句の世界を見渡すと、作者の気持ちをきめ細かく表現することに長けた作者は多く、そのような作風が評価されがちな面はある。杉原さんのような素っ気ない書き方は、世間の評価という面では損な書き方かもしれない。

しかし、次のような句を見ると、杉原さんが近代俳句の王道を歩んでいる、という思いがする。

大年の浜の遍路の杖の影

幸せに見せるリビングさくらんぼ

蛞蝓の長き腸透けにけり

「遍路」の句はしっかりした作。「さくらんぼ」の句は一見平凡だが、「幸せに見せる」の「見せる」に微妙なニュアンスがある。幸せに見せようとするが、本当に幸せかどうかはわからない。その一抹の頼りなさを受け止める季題として「さくらんぼ」はシニカルでさえある。俳句は善良なばかりではない。杉原さんの句は基本的には温良だが、ところどころに見え隠れする微量の意地悪さもまた、句集の隠し味になっているのではなかろうか。

ISBN 978-4-7814-1436-2

Sugihara Yushi

JYUICHIGATSU NO HASHI

十一月の橋

杉原祐之句集

ふらんす堂

目次

句集　十一月の橋

二泊三日

年の夜の旅の準備に忙しなく
去年今年なくレーダーの回るかな

と言ふ間に吹雪なる陸奥の山

出初式島の生徒も並びをる

白鳥ののつそり畦を跨ぐかな

そこにある町まで遠き枯野かな

つつつつと枝に連なる濃紅梅

残雪にデラべつぴんの現るる

また二泊三日の鞄西行忌

ウェディングドレスの色の朝桜

冷たさを感ずるまでの朝桜

引越の段ボール敷き花の宴

たくさんのお尻の並ぶ汐干かな

母となる人の横顔あたたかし

前北かおるさんへ

吾は夫へ汝は父へと風薫る

明易の宿の大きな鏡かな

ただいまとお帰りと七夕の夜

風鈴や妻の名をさん付けで呼び

丸の内に潮《うしお》の香り夜の秋

妊りし妻よく眠る日の盛り

飛魚干すペットボトルを鳥除けに

滑走路の出水の直に乾きたる

防災の日の空濠の深さかな

Yの字に分かれ分かれて吾亦紅

岸釣の人にも握手町議選

兄弟の見舞に揃ふ夜寒かな

長女誕生　四句

ベビーバス置くリビングの隙間張る

産院の妻のものの干す小春かな

柚子ひとつ浮かべてみたるベビーバス

嬰児の蒲団かるがる干しにけり

枯芝に枯木のやうに立つ男

拉致ありし浜に鳴りゐる鰤起し

討入の日とぞ蒲団に籠りけり

宝くじ売場の脇の社会鍋

大年の浜の遍路の杖の影

装甲車洗ふも御用納かな

泣初の嬰児にいや重け吉事

嬰児を縦抱きにして御慶かな

父・國夫死別　三句

病室に小さな声で豆を撒く

肺癌の父の大きなマスクかな

祭壇の父へのバレンタインチョコ

一昨日の新聞を読む花の人

丸の内村に働く虚子忌かな

松島　二句

震災派遣車両の花下に憩ひをる

田植機の津波の泥を洗ひけり

落書の傷も伸びゆく今年竹

子にも事情親にも事情新茶汲む

阪急の駅より歩き薔薇香る

アイスティー飲み株主の語らへる

壇上の麦茶の滴だらけなる

炎昼に株主散つてゆきにけり

クレヨンを買うて帰らう花菖蒲

うつ伏せの嬰の後頭の玉の汗

背泳の視界の隅の夕立雲

流燈の試しのひとつ浮かべられ
板切に家畳まるる秋の浜

小児科の扉の秋冷を押しゐたる

東京タワーばかり見てゐる夜学生

秋の暮人は顔から消えてゆく

太るだけ太らせてある冬菜かな

残業の妻の分までおでん買ふ

おでん屋の湯気の奥なるテレビかな

銭湯の番台に煮るおでんかな

すき焼や造花の如く神戸牛

旅客機の真中の座席まで冬日

枯芝をゆつくり横切るのは詩人

ぺこぺこのタイヤで来たる焼藷屋
ダムの辺に止まつてをりぬ焼藷屋

行先板真白き御用納かな

共産党支部のシャッター松飾

大寒や工事フェンスの平積みに
除雪してドクターヘリを待ちにけり

満席のバスの静かに雪の夜

宿直の朝一番の雪掻ける

電気消し雛の顔を消しにけり

嬰児に顔まさぐられ春の夜

坊つちやんスタジアム麦秋の只中に
バギーより降りたがりたる宵祭

出張に来てナイターのひとりかな

メープルリーフ

風鈴を異国の家に吊しみる

ナイターのドームの屋根の開きけり

新涼やカナダ国旗の赤と白

いと小さき交易所かな露の秋

湿原の色のくすめる白露かな

グッナイと霧の中へと消えてゆく

秋耕の一往復に日の暮るる

ケベックシティ　六句

秋冷や大砲黒く磨かるる

川霧の濃き城壁を猫下る

看板の仏語読み上げ小鳥来る

紅葉狩蜂蜜小屋へ立寄れる
彩りの落葉に埋もれたるプール

霜晴に仰ぐケベック州旗かな

日系人会館おでん煮えにけり

スケートのリンクに映る聖樹かな

着ぶくれてをり地下街を迷ひをり

真直ぐな道真直ぐに雪が降る

橙のビブスの男落葉掃く

蜜柑剝きつつ各国の事情通

日本人同士ちんまり年忘

イエローナイフ　五句

搭乗の一列分の除雪かな

結氷の波止場に揺るる準州旗

結氷の湖を小型機発ちにけり

オーロラの下に粉雪ちらつける

顎鬚に氷柱を垂らしイヌイット

音もなく吹雪となつてゐたりけり

国境の大きな滝の凍てにけり

西行忌グレイハウンドバスごつし

ドーナッツ現象の町花曇

野遊の丘に半旗の翻る

氷山の青みがかりて進みくる
太々と生ひフロリダの蒲の穂は

イタリアの移民の家の薔薇盛ん
惜別のサルーテ幾度夜半の夏

風鈴を吊るせるままに引越しぬ

年忘れ

燈台を股のぞきして潮干狩

散髪に寄りて遅刻の神輿昇

簗小屋の薬缶の錆びてゐたりけり

妻に子がくつついて寝る野分かな

ややや長き橋を歩める夜寒かな

秋の浜仮設トイレの建ちしまま

三門を抜け来る風に破れ蓮

背中より湯気を発するラガーかな

出向の人も駆けつけ年忘

辞めさうな後輩とゆく年忘

ポストへと落葉の嵩を踏みながら
プレハブの目印をつけ冬の芝

町の端の枯野となりてゐるところ

火事跡の焦げてをらざるタイルかな

霊泉をペットボトルへ初薬師
雪を掻くサクマドロップ舐めながら

除雪車のセンターラインはみ出して
バレンタインデーの塩鮭よく香る

月曜の朝のミモザの眩し過ぎる
阪急の電車が抜ける花の雲

夜桜へ二階の窓を開け放つ

パリ　四句

橋脚の落書だらけ草いきれ

士官学校薔薇の香りに包まれて
夕立やカフェの覆ひをへこませて

教会の片陰に座し絵を販ぐ

子を風呂に入れたる後の夕涼み

終戦の日のシャワーからお湯が出る

はち切れむばかりの梨を妻が切る

妻の分子の分秋刀魚焼き上がる

空地まだ空地のままに秋桜

だんじりをフェリーに積める秋祭

天安門広場のけふの天高し

射爆場管理用地と冷やかに
どこまでも子に誘はれて落葉径

湯西川温泉　六句

梨園のフェンス倒るる深雪晴

路地奥の一等太き氷柱かな

落人の里の目抜を風花す

雪捨場平家最中の幟立つ

枯山を大きく映し山の黙

著膨れて陽明門に躓きぬ

リュックより突き出てゐたる破魔矢かな

ヘルシンキ　二句

潜水艦へ氷の岸を伝はねば

要塞の島の岩盤凍てつける

雪晴や斗南藩主の陣屋跡

公魚を釣るや氷片掬ひつつ

畳むべき洗濯物や雛の間に

駐屯地メイン通りの桜かな

メーデーの日の魚市の威勢よく

アドリアの海の一層夏に入る
首筋を撫でてゆきたるやませかな

医局より神田祭を覗き込む
明らかに人手不足の神輿来る

それぞれの色に熟して実梅落つ

だぼだぼの雨合羽着てボート貸す

与那国島　四句

サングラスかけて港に用もなく

駐在の戸別訪問仏桑花

日盛や埃だらけのバス来たる

島人の泳ぎ出したる夕べかな

ホームへと飛び降りてゆく帰省の子
霊送り首にタオルを巻きながら

写真など撮らせず駆けて秋日和

秋晴や埃まみれの子を洗ひ

空港の管理用地の薄かな
初雪の富士を朝鮮通信使

水のなき十一月の橋渡る

第二子誕生　二句

第二子も小春日和に賜りぬ

嬰児の小さな欠伸小六月

吠ゆるやうに斉唱しをるラガーかな

リビングの隅の聖樹の消し忘れ
病院の中庭のクリスマスツリー

追焚のボタンが喋る冬至かな

雑煮食べつつ家のこと親のこと

配らるる迷彩色の毛布かな

落下傘畳み枯野を駆け出せる

着ぶくれて探し切れざるルームキー

地吹雪に着き敬礼の司令官

紫に雪野の暮れてゆきにけり

ホームより富士を指したる受験の子

梅日和

老木の枝をすり抜けゆく落花

夜桜に後輩誘ひ出しにけり

無人機を飛ばし黒穂を見つけたる
たらたらと走り藪蚊に食はれたる

初夏の日差届かぬ部室かな

ジャケットに蟻這ひ登る母校かな

プログラムされたるやうに滴れる
大型トラックサルビアに左折して

帰省の子いつものテレビ見てをりぬ

づかづかと政治家来たる踊の輪

盆の浜漁具磨かれてをりにけり

旅宿のカーテン厚き夜長かな

糸瓜忌や歩けることが楽しき子

蒟蒻の広葉を打てる時雨かな

もつと大き朴の落葉を見せくるる
枯芝に延びるわが影吾子の影

辞める奴辞めさうな奴牡蠣を吸ふ

家を買ふ羽目になりたる師走かな

引越は嫌だと泣く子クリスマス

みどり子の肌の初湯の玉しづく

転居だけ良からぬと出で初御籤
日付印くるくる回し事務始

人日のにやりとローン担当者

風邪の子の手を差出して来りけり

ミニバンを下りてなまはげ襲ひ来る

自治体の防災倉庫梅白し

梅林にラジオの競馬響きけり

第三子誕生　二句

ようこそと呼び掛け抱けば暖かし

二日目の嬰にもバレンタインチョコ
雛段を支ふるビールケースかな

子の手には余る卒園証書筒

雉鳴くや足湯に村を見晴らして

溢れ出す喃語のシャワーこどもの日

ロンドン　二句

銅像の威風堂堂樫茂る

王宮に掲ぐる半旗梅雨に入る

プールより上り海鮮丼喰らふ

汗だくになりて二人の子を連れて
姉らしくふるまうやうに夏帽子

タイ　二句

扇風機に当たり客待つ車引き

蚊遣香を腰に下げたる象使ひ

燈籠の小さきが先に流れゆく

子に走り負けて仰げる鰯雲

雲梯にテープの張られ運動会

台風の最中に回る洗濯機

いつの間に乳歯の揃ふ小六月

防火用バケツに落葉降り積もる

党本部前凩の吹き荒るる
もう一本メールを打たむ事務納

サハリンへ渡るフェリーの鏡餅

雪掻を終へ当直を引継げる

凍星とガススタンドのありにけり
灰色になりたる雪の降り続く

風邪の子に風邪でなき子ののしかかる

探梅やエコスタックに突き当たり

踏絵板古新聞に包まれて
また一人辞める後輩冴返る

句は淡く句評は濃ゆく梅日和

四月馬鹿

後輩のデートに出会ふ四月馬鹿

病棟の裏の大きな桜かな

一枚の羊毛として刈り上ぐる

建売のモデルハウスの鯉幟

筍を包める市報市議会報

ローザンヌ・パリ　四句

アルプスの嶺々仰ぎ船遊び

麦秋に隣れる葡萄畑かな

ブローニュの森の真中の五月闇

ブローニュの森の奥へと蛇消ゆる

緑蔭や回送バスの並べられ

武者返しまで達したるなめくぢら
飲みに行く我らを映す花氷

向日葵や医大のなかの保育園

産廃のなかの廃車に葛の花

ハロウィンの東急ハンズ閑散と
玉砂利を擦りて進む七五三

野老掘り余呉の湖へと下りてくる

営業を止めし民宿冬菜畑

冬めくやプール解体工事中

山茶花のここもかしこも空家とぞ

隣席にメモを残して事務納

伊豆下田・利島　四句

釣人の本格的に着膨れる

ダイドーの自販機ありて花アロエ

島宮の万丈籠へ札納め

タラップの両の手摺に松飾

千枚田一枚づつの淑気かな

麦の芽やキハヨンナナのたらこ色

シンガポール　四句

日覆を伸ばし歩道を我がものに

迎春の幟を立つる置屋街
日盛の不気味な静寂置屋街

破芭蕉置屋住ひも半年に
卒園の近くて帽子小さくて

野遊の隅におむつを替へにけり

賓《マレビト》の現れ野遊に出掛けたる

三人の子を遊ばせて金鳳花

六分の一回転の落椿

一億の価値の仔馬の立ち姿

納品を終へて仰げる桜かな

ロングシートに新入社員並びたる
掛けに来る人のまばらな甘茶仏

ライオンズマンション躑躅咲き盛る

御代替る日とて棚田に蕨摘む

歌ひつつ薇採りに発ちにけり

ちんまりと官庁街の鯉幟

歌舞伎座にビルの聳ゆる薄暑かな

母の日の父のパスタの大雑把

幸せに見せるリビングさくらんぼ

乾く間のあらず鬼燈売れてゆく

蛞蝓の長き腸透けにけり

父の日のものの百均で揃へたる

お祓ひを受けたる鍋に繭を煮る

幼児用チェアーの黴を拭きにけり

出張の軽き興奮明易し

社員証落ちてをるなる茅の輪かな

境内の百名分のビヤホール

マレーシア・コタキナバル　三句

煙草吸ひながら夜店の魚捌く

水上で暮らす一家の水着干す

赤き燈を小さく燈し蛍舟

本井英さん鳴立庵庵主ご就任

新しき庵主のことに日焼せる

八月や戦争のこと子に問はれ

仏来給ふ風に洗濯物乾き

終戦日パルシステムのやつて来る

芝浜に潮の香少し月今宵

小児科に運動会の楽の音

駐屯地貫く川に鮭遡る

野営地の鉄条網の霜光り

燈台に神有月の日差濃く

保育所と神域分かつ大枯木

不自然な笑みの羽子板買はれゆく

部屋干の洗濯裏の聖樹かな

色抜けしポスターに年惜しみけり

営業所行の空バス年の夜

雑煮だけ食べ当直へ戻りたる

ＣＣのメールばかりの事務始

餅花や監視カメラの上に垂れ

水仙や燈台守の官舎跡

霜柱溶け切つてゐる御饌田かな

成人の日の武家屋敷塵のなく

受験子のマスクの上下逆しまに
キャンパスの杜の囀ミファソラシ

卒業や天気晴朗風強く

部下のみな在宅勤務四月馬鹿

あとがき

本句集は第一句集『先つぽへ』を出版した二〇一〇年から二〇年四月一日までの凡そ十年間から三百三十一句を収録した。ちょうど、この間に私は結婚し家庭を持ち、二女一男に恵まれるとともに、急な父との別れもあった。仕事上では陸上自衛隊対応の営業を経験しつつ、管理職に就くことが出来た。一方、俳句についてはなかなか研究活動など出来ず、同時代の俳人の活躍を指をくわえて見守る日々が続いた。

この十年間、「家庭」「仕事」「俳句」の三方に言訳しつつ、どれも中途半端になってしまっているという自責の念も抱えつつ、三十代を生きてきた記録としての一集をまとめてみた。

一年間のカナダ・トロントへの留学は大きな経験となった。広大なカナダの大地で過ごした時間を忘れることは出来ず、本句集でも一章を設けた。働きながら二歳に満たない長女を日本で見てくれた妻には感謝しかない。

句集名の「十一月の橋」は

水 の な き 十 一 月 の 橋 渡 る

からとった。十一月は長女と次女の誕生月でもあり、思い入れのある季節である。

乾いた叙情が続く句群に相応しいのではと思っている。

「四十にして惑わず」とあるが、まだまだ家庭も仕事も俳句も迷い続けることばかりである。俳句についても自身の力不足に苦しみながらも対面やオンラインで句座を共にする仲間に励まされながら何とか続けることが出来た。惑いつつも一歩一歩自分の出来ることを日々積み重ねていきたいと思う。

本句集の出版に当り、引き続きご指導賜った「夏潮」主宰の本井英さん、「山茶花」主宰の三村純也さん、句集出版に当りご助言賜ったふらんす堂の皆さんに俳句の仲間たち、私の俳句活動に理解を示してくれる会社の同僚、そして家族に深い感謝の意を表し本句集を上梓させて頂きたい。

二〇二一年十一月吉日

杉原祐之

著者略歴

杉原祐之（すぎはら・ゆうし）

1979年　東京都生
慶應義塾大学入学
慶應義塾大学俳句研究会（「慶大俳句」）入会
2001年　「惜春」「山茶花」入会
「惜春」を退会
「夏潮」創刊に運営委員として参加
2010年　第一句集『先つぽへ』を上梓
2021年　「夏潮」「黒潮賞」受賞

現　在：「山茶花」飛天集同人、「夏潮」運営委員、
俳人協会会員

現住所：〒185-0021　東京都国分寺市南町1-14-7-115
メールアドレス：dzv00444@onyx.dti.ne.jp

句集　十一月の橋　じゅういちがつのはし

二〇二二年四月九日　初版発行

著　者――杉原祐之
発行人――山岡喜美子
発行所――ふらんす堂
〒182-0002　東京都調布市仙川町一―一五―三八―二F
電　話――〇三（三三二六）九〇六一　FAX〇三（三三二六）六九一九
ホームページ　http://furansudo.com/　E-mail　info@furansudo.com
振　替――〇〇一七〇―一―一八四一七三
装　幀――和　兎
印刷所――日本ハイコム㈱
製本所――三修紙工㈱
定　価――本体二五〇〇円＋税
ISBN978-4-7814-1436-2　C0092　¥2500E